목화, 꽃으로 다시 피어

서덕순 시집

우리동네사람들

목화,
꽃으로 다시 피어

차례

목화, 꽃으로 다시 피어

목화, 꽃으로 다시 피어

첫 아들을 낳는 심정으로

삶에는 항상 그에 합당한 방정식이 있었습니다. 자식으로 서 아내로서 어버이로서의 방정식 등, 그런데도 그 방정식 을 완벽하게 풀어낼 수 있는 역량은 턱없이 부족했기에 채 워지지 않는 것에 대한 고뇌와 번민, 그리고 주제에 대한 숙제를 풀기 위해 허우적이던 내 삶에 우연히 마주친 한 권 의 시집을 통해 치유라는 단어를 발견했고 때로는 도피처 로 때로는 안식처로 기대며 여기까지 왔습니다.

늦은 나이에 문학의 길로 발을 내딛는 순간 살얼음판을 걷 듯 조심스럽기만 했으며, 생활의 일부분들이 한편의 글로 모아질 때마다 조바심은 크기를 더해갔지만, 책으로 엮어 세상 밖으로 나가려 할 때는 더욱 두려웠습니다.

하지만 철없는 아낙이 첫아들을 낳는 심정으로 어설프나마 미력한 습작을 풀어 세상 밖으로 놓아주려 합니다.

첫 시집 『목화, 꽃으로 다시 피어』가 나오기까지 도와주신 동료 선후배 문우님들과 바쁘신 중에도 서문을 써 주신 박효석 선생님께 진심 어린 감사를 드립니다.
그리고 옆에서 묵묵히 지켜봐 준 가족들에게도 심심한 고마움을 전합니다.

2017년 4월

서 덕 순

질곡의 삶을 산 이들에게
치유의 카타르시스를 주는 시인

박 효 석
(시인, 문학평론가, 월간시사문단회장)

서덕순 시인의 시들이 세상에 첫걸음을 내밀면서 그녀의 첫 시집『목화, 꽃으로 다시 피어』가 만개하고 있다.

첫아들을 낳는 심정으로 시적사유를 형상화하고 있는 서덕순 시인의 시들을 마주하다 보면 그녀가 던지고 있는 메타포어가 치열하게 심금을 울리고 있는데 그것은 아마 그녀가 살아온 어징과도 무관치 않으리라는 생각이 든다. 왜냐하면 그녀의 많은 시에서 그녀가 지금까지 살아온 삶의 궤적이 그녀의 자화상처럼 발상되고, 사유되고 있기 때문이다.

　　살다가 살아가다 가슴 헤쳐 비집고
　　애타게 목이 말라오거든
　　애타는 갈증 한 모금 눈시울 적셔 마시고
　　넘치는 그 눈물에 뜬 별을 헤어보리라

　　아직도 삶이 버거워 견딜 수 없거든
　　청산에 올라 찢겨진 골짜기
　　깊은 그늘의 아픔을 들어 보리라

그런데도
차마 놓을 수 없는 그 무엇이
황망하게 괴롭히거든
온몸이 부서지는 파도를 안아 보리라
-「여로」中 1연, 2연, 3연

그녀의 시를 읽다 보면 질곡의 삶을 살아온 사람들에게 그
녀의 시가 치유의 카타르시스를 줄 수 있겠구나 하는 생각
이 점점 감동으로 꽉 차오르는 것을 느끼지 않을 수 없는데
그것은 아마도 시가 왜 이 세상에 존재할 필요가 있는 것인
가에 대한 답을 그녀의 시가 제시하고 있기 때문일 것이다.
그녀의 시「낙조」에서 '터질듯 한 심장 위로 잿더미만 까맣
게 침몰하는 이 화농은 다 어찌하란 말인가'나 '내 가슴 속
빗소리 애끓는 밤엔'에 동참하다 보면 정말로 시를 사랑할
수뿐이 없는 마음이 절로 우러나온다고 밖에 할 수 없다.
그녀의 시에선 특히 감성이 강물처럼 출렁이는 것을 알 수
있다. 톡 건드리기만 하여도 눈물이 쏟아질 것만 같은 감성
이 값싼 감상으로 빠지지 않고 시적으로 승화되어 형상화되
어 있는 것을 볼 때 그녀가 얼마나 많은 세월을 소화하며 단
련하여 왔는지 그녀의 시를 통하여 가늠할 수 있을 것 같다.

바람이 불고 비가 올 때면
라면을 끓이곤 했지
때로는 무릎이 꺾일 만큼 긴 시간을
라면을 끓이다가

퉁퉁 불어 터지는 날엔
눈이 시려 앞을 볼 수가 없었어

찬장 속 그릇들이 푸념처럼 쌓이고
녹슨 감정이 융기처럼 올라오는 날에도
라면이 끓곤 했지

뜨거운 사념이 냄비를 달구는 동안
열병처럼 헐떡이는 맥박의 울림
라면을 끓이는 건 독감처럼 혹독한 심사이어니

먼 훗날
불어터진 마음접어 강물에 던지던 날
물에 번진 초승달도 희미하게
흔들리고 있었어

-「라면을 끓이던 날」 전문

이번 시집에서 그녀의 많은 시가 시적발상과 시적사유를 형
상화하고 있지만 그 중에서도 위의 시는 그녀의 시적역량을
보여주는 백미라고 할 수 있는데 시인으로서의 그녀의 앞날
이 대성할 수 있으리라는 믿음이 충분하다고 할 수 있다.

끝내
허리 굽은 세월로 하늘 길 열으시고
하얗게 빛바랜 초승달로 떠서
쉼 없는 은하를 건너시는 어머니

-「시냇물」中 6연

1부에선 엄마의 냄새가 허기처럼 고프다는 그녀의 사모곡이 잔잔하게 독자들의 심금을 울려줄 것이며 2부에선 잃어버린 기억을 통하여 기억이란 기억을 다 뒤져도 아무 것도 보이지 않는 아득함이지만 결코 꿈을 포기하지 않는 그녀의 모습을 볼 수 있을 것이다.

그리고
한낱 보잘 것 없는 나의 삶이
잠시라도 작은 꿈으로 기댈 수 있는
나지막한 계단이 깃발처럼 펄럭인다
책을 열면

　　　　　　　　　　　　　　　　－「책을 펼치면」中 4연

그녀는 사랑의 선율로 자맥질하는 맥박으로 뛰고 있어 어떤 환경 속에서도 삶을 포기하지 않고 열정적으로 끊임없이 시혼을 불태우고 있는 것 같다.
세월을 흘러 흘러 푸른 강물을 만날 때까지 한줄기 그리움만 움켜쥐고 흐를 그녀이기에 다시 쓰는 삶의 방정식으로 제2의 출항을 향해 돛을 높이 올려 힘차게 펄럭일 것 같은 예감이 든다.
첫 시집『목화, 꽃으로 다시 피어』의 상재를 진심으로 축하드리며, 이 시집이 많은 독자들에게 사랑받을 것이라 믿어 의심치 않는다.

민들레 홀씨로 날아

성백원

홀씨는 생명을 소중히 여긴다. 바람에 날려가는 가벼운 씨앗이지만 단단한 대시 위에 힘차게 뿌리내리며 어디선가 다시 만날 사람들을 위해 꽃을 피우고 아름다운 세상을 꿈꾼다.
세상은 내가 원하는 대로 흘러가지 않는다.

수많은 사람이 새벽잠을 털고 일어나 일터로 향하는 것은 자기 삶의 행복을 찾아가는 여정일 것이다. 좁은 공간에서 흔들리는 몸을 맡기고 길을 떠나는 사람들은 가끔 이런 하루하루에 대하여 의문을 품을 수도 있을 것이다.

하지만 고여 있는 물이 썩는다는 말처럼 우리는 잠시도 머물 수 없는 객체가 아닌가 싶다. 서덕순 시인의 삶은 민들레에 닿아 있다는 생각을 한다.

항상 자신의 편안한 삶보다는 가족과 주변 사람들에게 나눠주는 길을 걷고 있기 때문이다.

행사가 있을 때는 쉴 틈 없이 바쁜 일상 속에서도 어렵사리 만들어 낸 먹거리를 들고 나타나서 슬며시 내미는 온유하면서 다감한 모습을 보여주기 때문이다. 그 소박한 심성에 늘 박수를 보내곤 했다. 그렇게 다른 사람에게 행복을 전해 준다는 면에서 민들레와 같은 삶이라 느껴지는 것이다.

그녀의 시편 속에는 유년의 삶에서 지표가 되어 준 어머니에 대한 기억이 남다르다. 그녀의 성품은 그런 어머니를 투영하고 있다. 한 가정을 이끌면서 유연함을 잃지 않는 어머니로서의 자녀에 대한 지극한 사랑이 고귀하다. 그러면서도 내색하지 않는 품성은 바다를 닮은 듯하다. 서산이 고향인 그녀에게는 바다가 어머니다. 그래서 바다의 넓고 푸른 성품이 그녀의 생활 속에 깊게 자리 잡고 있는 것이 아닌가 싶다.

수십 명의 생활을 직접 챙기는 바쁜 삶 속에서도 가슴 속에서 늘 활화산 같은 욕망이 자리하고 있다. 힘차게 내리

꽂히는 폭포와 같은 열정은 늦깎이로 대학에 진학하여 만학도의 모범적인 모습을 보여준다. 침묵 가운데 홀로 태우는 불꽃이 열매를 맺어 이제 늦게나마 첫 시집을 상재한다는 것은 크게 축하받아 마땅하다는 생각이 든다.

그러나 삶이란 정답이 없는 숙제를 하는 일이다. 수많은 불면의 시간 속에서 결코 풀 수 없는 인생의 문제를 놓고 고민하면서 한 올 한 올 엮어나가는 그의 시편 속에 독자들은 위로와 평화를 얻을 수 있을 것이라 믿는다.

이제 새로운 시작이다. 꿈꾸는 삶은 아름다운 법이다. 소녀와 같은 꿈길을 걷는 것은 시인만이 가질 수 있는 특권이기도 하다. 아울러 늘 공부하는 자세는 앞으로 더욱 큰 기대와 희망으로 서덕순 시인의 작품을 기대하게 하는 것이다. 다시 한번 첫 시집의 상재를 축하하며 칠순을 맞이하는 부군과 함께 자녀들의 행복한 미래가 보름달처럼 환하게 열리기를 바란다. 스스로 더욱 행복하여 그 행복을 민들레 홀씨처럼 펄펄 날려 주기를 두 손 모아 빌어본다.

제1부

엄마의 냄새
허기처럼 고프다

어머님,
굳어질 대로 굳어버린 딱딱한 얼룩이 가여워
어루만지려 다가가지만, 당신의 얼룩은 손도 닿기 전
버찌처럼 검붉은 눈물로 터져 무딘 가슴 붉게 젖어옵니다
– 「어머니의 얼룩」 中에서

엄마의 냄새 허기처럼 고프다

양지바른 마당 한 모퉁이
아이들 수만큼 흙밥 늘어놓은 오후
저녁연기 길게 끌고 어디론가 멀어지고
들꽃 꺾어 만든 꽃밭 시름에 잠길 때
그만 놀고 밥 먹자던 어머니 등에 걸린
새빨간 일몰
한 폭의 고운 수채화를 그렸는데

소꿉 장이 그 아이는
그때 그 엄마보다
더 깊은 겨울 문턱에서
문득,
가마솥 뜨거운 눈물
주르륵 흐르던 기억
긴 강을 건넜는데
훅 끼치는 엄마의 냄새
허기처럼 고프다

어머님의 담배꽁초

생전 처음
냉수 한 사발에 목을 축이며
그 밤을 다 태웠다던 담배꽁초만
함께 늙어가고

부처님 돌아앉을 수 있었나요
차마 놓을 수 있었나요
철없이 잠이 든 저 어린 인연의 끈들을

희뿌연 연기 속에 타다 남은 심장이
너덜너덜 찢겨 흐느적이는데
봄을 기다려 새살 돋을까

멍든 마음 하나 끝내 지우지 못해
한숨에 섞여 연기로 사라지던 날들을
기억마저 멈춰버린 시린 날들을

달무리처럼 소리 없는 아우성으로
그렇게 살다 가신 어머니
하양 눈시울 붉어지는 나의 어머님

어머님 말씀은 포도송이

모질도록 아파야 했던 수 많은 상처들이
슬프도록 외로웠던 역경의 순간들이
숙명처럼 참아온 당신의 한 많은 삶들이

이제사 제 마음을 둥둥둥 울립니다

날마다 그리움만 더해가는 건
다하지 못했던 제 몫 때문인가요

생전에 들려주신 당신의 말씀이
알알이 포도처럼 여물어 갑니다
당신의 생을 닮은 먹 포도송이

오늘도 당신 생각에 목이 메어 오는 건

어머님
이제사 철이 드나 보옵니다

어머니의 얼룩

어머님
수평선보다 더 먼 막막함에서
바닷속 짙푸른 생애의 여정으로
갈대 휘어지는 가슴 뜨겁게
곰삭아 내리던 날들,
용케도 버티며 기다려온 저녁노을을
흥건히 뒤집어쓴 채
허리 굽은 세월을 박음질하시던
당신은,
굽이굽이
격렬하게 춤을 추다 스러지는 짚불입니다

오늘도 타다 남은 세월로 얼룩진
당신을 그리며 잠이 들면
언제나처럼 손을 뻗어 잡아주는 거친 손

거친 손보다 더 거친 파고가 쓰나미로 밀려와도
먹잇감 물어다 줄 자식들 생각에
미동도 없이 자리를 지켜주셨던 당신의 지친 삶에
나는
철없던 시절엔 당신처럼은 살지 않겠다더니
조금 철이든 후에는 당신의 반의반이라도 닮고 싶다더니
오만도 결의도
이도 저도 아닌 원심력은 실종되고 말았습니다
어머님,
굳어질 대로 굳어버린 딱딱한 얼룩이 가여워
어루만지려 다가가지만, 당신의 얼룩은 손도 닿기 전
버찌처럼 검붉은 눈물로 터져 무딘 가슴 붉게 젖어옵니다

어머님의 그림자

차창 밖으로 흰 눈발이 날리고
어머니는 저 혹독한 날에도
홑치마 홑적삼을 입고 맨발로
성긴 눈발 사이를 서성인다

점점 세차게 날리는 눈발 사이로
어머니는
여전히 서성이고

내 유년은 차창에
한 마리 박쥐처럼
포박되었다

비오는 날의 묵도

비 오는 날
사색의 창가에 서면
흡수되지 못한 습기들이
젖은기침을 컹컹 뱉어내고
고향 집 언덕에도 비가 옵니다

창문에 부딪히는 빗방울 속으로
홍수처럼 쏟아붓던 당신의 사랑은
오늘도 넘치게 나를 휘감아 돕니다

지상으로 뿌리는 그리움은 눈물인 듯
천상으로 솟는 그리움은 갈증인 듯
시력을 잃어버린 공간 속에서
당신 생전을 타고 넘던 거친 숨결은
온종일 뜨겁게 뒤척입니다

어머니
그리운 그 이름
어머니

시냇물

눈감으면
허리 굽은 천년의 세월 속으로
조용히 흐르는 눈물

생명의 젖줄로 세상을 품어
새 생명을 잉태하는 어머니

개미허리는
언제나 찌든 앞치마에 동여지고
가르마 같은 논둑길을 걸으시면
빨랫감보다 골다공증 난 가슴이 먼저 젖는데

얼음장을 깨던 방망이 소리
흙빛 마음의 관절을 더듬어

한 올 한 올 떨어진
삶의 흔적까지 지워낼 수 있었을까?

까마득히 먼 숲길을 걸어
돌 틈으로 스미는 허기진 세월
여린 가슴으로 밀어 올린 여울물 소리

끝내
허리 굽은 세월로 하늘길 여시고
하얗게 빛바랜 초승달로 떠서
쉼 없는 은하를 건너시는 어머니

싸리 바지게 꽃

봄이면 봄마다
발길 따라 피어나는
싸리 꽃, 바지게 꽃

그토록 갈망하던
하얀 이밥 흐드러진다

네 살배기 철부지가 부친을 여의고
제 키보다 더 큰 삶의 무게를 짊어진
아버지의 바지게

허리가 휘도록
어깨를 짓누르던 바지게는
갈 곳 잃은 지 오래인데

봄이면 봄마다
하얀 슬픔 일렁이는
아버지의 바지게 꽃
발길 따라 줄줄이 흐느껴 운다

옹기장이

옹기장이는 오늘도
불 막을 지킨다

씨줄과 날줄의 염원을 담아
잉태의 산실을 보듬어 안는다

바다만큼 넓은 그릇이기를
세상을 담아가는 그릇이기를
무지갯빛 고운 꿈을 키운다

불면 날까 쥐면 꺼질까
오색 빛 영롱한 혼 불을 놓아
사랑으로 믿음으로 꿈을 빚는다

옹기장이는 오늘도
끊임없는 기도가 하늘에 닿기를
옹기가 익어가는 기인 세월을
하늘을 치솟아 날 수 있도록
오롯이 불 막을 지키고 있다
촛불 켜는 마음으로 지키고 있다

부부

많고 많은 사람 중에
우리는,
반쪽과 반쪽의 합으로 하나가 되었고
같은 곳을 향해 같은 보폭으로
걸었습니다

가장 아름다울 때 만난 기억의 끈을 잡고
가장 추한 곳까지 함께 걸어야 할 세월 속으로
흔들리며 흔들리며 꽃을 피웠고
열매를 맺었습니다

당신 곁에 아직 내가 있음을
내 곁에 아직 당신이 존재함에
애틋한 정으로 보듬고
아린 살갗으로 서로 기대어 살다가

아름다운 소풍 끝나는 날
그날도 외롭지 않게
한날한시에 두 손 꼭 잡고
함께 가길 원합니다

이별 연습

바라만 보기도 만져만 보기에도
불러만 보기도 아까운 이름
사랑하는 사람아!

천 년 그리던 임을 본 듯
다시는 못 볼 마지막인 듯
그렇게 사랑을 하자

진정 마지막이라 해도
아쉬움도 후회도 남지 않을
그런 사랑을 하자

아니
절대로 놓아 줄 수 없는
가슴 깨질 듯, 그런 사랑을 하자

관계회복

퇴적물은 어디서부터 쌓이기 시작됐을까
바람은 또 갈대숲 댓잎에 베이며 달려왔을까

대나무 삐걱대는 소리에 잠 못 드는 밤에는
하룻밤에도 열두 번씩 달려가지만
돌아서는 뒷모습은 여전히 쓸쓸하다

각도를 세우려 뒤척이지 말자

너를 향해 떠나는 무수한 길 위에는
늘 이슬비가 내렸고
너를 쫓아 달리던 바지는
그 이슬비로 젖곤 했었지

그러나
서로 당기다 늘어진 소맷부리는
두어 땀 꿰매면 그뿐 인걸
우리가 지나온 세월의 다소 느슨해진 곳도
어쩌다 걸려 넘어진 격랑의 시간도
한 땀씩만 꿰맬 수 있다면
가을이 가고 겨울이 오고 해가 진 후에도
가슴 시리게 불어올 바람은 막아 줄 것이기에
나는 오늘 밤 또다시
너를 향해 무수히 일어선다

아직도 못다 한 이야기는

차마 전하지 못했던
아직도 못다 한 이야기는
어느 바람결로 마음을 흔들고

가슴 깊이 묻어두었던
아직도 못다 한 이야기는
까만 눈동자에 젖어 듭니다

그대여,
당신이 떠나간 후
아직도 못다 한 이야기는

알알이 박힌 석류 알처럼
당신 향한 그리움으로
붉게 물들고

온 산을 울며 떠도는 메아리처럼
떨리는 단 한마디 그 간절한 호소는
오로지 당신께만 바치는
삭정이 같은 내 영혼의 내밀한 고백입니다

질경이

내가 태어날 곳이 좁은 길이었다 해도
수줍은 몸짓으로 뿌리내리고
모두에게 순종하며 살아가리라

모진 비바람에 온몸이 밟혀도
찢겨진 얼굴 씻어 하늘을 보면
애처로이 감싸 안는 뜨거운 햇살에
연을 먹으며 허리를 편다

질기도록 아픈 내 목숨이어도
지난날의 고달픔은 생각지 않겠다고
마음의 상처는 잊어야 한다고
아픈 마음 하나 둘 허물을 벗네

메마른 인정에 꽃은 피지 못해도
화려하지 않은 풀잎 향기로
또 밟아도 좋을 등을 내어 주리라

목화, 꽃으로 다시 피어

목마름에 스러져 꽃잎 진 자리
씨앗 하나 품은 솜사탕 꽃 구름
목화, 꽃으로 다시 피어

정결한 손으로 침상을 펴고
설렘으로 맞이하는 오랜 기다림
평온히 잠들, 임의 숨소리
밤새도록 포근히 보듬겠어요

출구 없이 허둥대는 창백한 일상
침묵의 아우성을 온전히 맡기고
등 굽은 하루를 진땀 흘리면
그 눈물 진액으로 흠뻑 젖어도
언 발, 애끓는 사랑으로 녹이겠어요

간절한 기도로 꿈길을 열고
따스한 입김으로 온기를 불어
깃털처럼 가벼운 새벽을 여는
구름 솜 융단을 깔아드리겠어요

인생 이야기 1

바람 불면 바람맞고 비 오면 비 맞으며
언제쯤 아스팔트 포장길 나타날까
앞만 보고 달려온 울퉁불퉁 외길인데

아직도 가야 할 길은 멀기만 하고
돌아보면 온 길조차 아득도 한데

이정표도 없는 갈림길에 서면

새들이
하늘과 땅 사이를 자유로이 비행하듯
구름도 한가로이 고도를 넘나들 듯

기차도 가끔은
레일을 벗어나고 싶다고
시곗바늘도 가끔은
촉에서 이탈하고 싶다고

척박한 가슴을 타고 넘는
가쁜 숨소리

인생 이야기 2

작은 몸짓 하나로도
제 구속에 갇힌 채
뜨겁게 십 년
맵게 십 년
아리게 십 년

목에 걸린 숨소리마저
삼킬 수도 뱉을 수도 없어
입속에서 삭고 삭아
농익은 언어들의 아우성

수많은 착각들은
허물어지는 것들을 어루만지고
차마 버리지 못한 미련은
다시 또 일어나 걸어보라고

그렇게 하루가 가고
또 십 년이 가고

인생

언제부턴가
가로등 불빛마저
흔들리는 새벽길!

정녕 밤잠을 뒤척이는
파도 소리는 아니었어

바람을 못 이겨 흐느끼는
갈대 소리도 아니었어

아!
아! 어쩌란 말인가
파편처럼 흩어지는
삶의 조각들

가슴의 골을 타고 흐르는
소낙비였어.

인생 그 너머의 비애

굽이굽이 돌아온 선상 위로
촘촘히 말라붙은 알갱이, 하나 툭 건드리면
산을 넘고 바다를 건너는 끈끈한 점액질

푸른 물빛은 가슴을 타고 흘렀고
서툰 바느질은 정제된 몸을 만나서야
잘못된 박음질임을 알게 되었지

애벌레가 집을 짓고
번데기가 나비가 되어 날아오를 때까지
나는 이름 없는 들꽃이라도 피워야 했을까

붉은 담쟁이 가을을 칭칭 감아올릴 때
나는 비로소 눈물이 난다
의미를 알 수 없는 가난한 비애의 눈물을.

예순 즈음에

더러는 못 본 듯. 더러는 못 들은 듯
인생의 무게를 조금씩 비워내야 할
언덕 너머로
정점을 향해 달리던 발굽들이
깃발처럼 펄럭인다

평생을 찾아 헤매던 파랑새는 어디에도 없는데
반세기 동안 숨 가쁘게 엮어내던 질주는
무엇을 위한 피륙의 시간이었던가
닳고 닳은 관절의 오리걸음은
정녕 비옥한 땅을 박음질하려던
욕망의 부산물이었던가

지나간 날들이 하룻밤 물거품이었다 해도
희끗희끗한 나이테를 감고 선 노송에도
초연하게 물들 사랑초, 하나 접목하여
어둠에 기댈 달빛으로 고요히 일어서야지
가을 강을 호젓이 흘러가야지

이젠 널 사랑하련다

고맙다,
말초까지 수축과 팽창으로
생명의 혼불을 불어넣고
한 치의 멈춤도 용납되지 않는
생명의 원동력을 흡입하고 있었구나

미안하다,
거친 세파를 딛고
다시 또 일어서려
세월의 흔적만큼
못이 박히고 옹이가 졌구나

사랑한다,
열정으로 새벽을 열고
긍정으로 하루를 마감하며
믿음으로 세상을 담는
커다란 그릇이길 갈구했구나

오늘도
순간의 휴식조차 허용되지 않는
나의 육체야,
넌 아직도 주인을 위해
무시로 수고롭구나

고맙다, 미안하다,
그리고 이젠 널 사랑하련다

나 이제 돌아가리라 (유고 시)

질곡의 세월을
달팽이 느린 걸음으로
켜켜이 쌓아 올린
슬픈 인생의 강을 건너
나 이제 돌아가리라

깎아지른 절벽이 있고
온몸 부서지며 울부짖는 폭포수와
갈대숲 버석거리는 바람 소리 벗 삼아
산새들 지저귀는 숲으로
나 이제 돌아가리라

손에 쥔 것 없이 걸어온 이 길이
정녕 비탈길이었다 해도
부끄럽지 않게 살았노라 위로하며
내 남은 청량산으로
나 이제 돌아가리라

도시의 비명소리 뒤로하고
생명이 숨 쉬는 우주의 숲으로 가리라
가서 숲속의 생명과 하나 되어
자연을 노래하는 한 마리 산새가 되리라

보일 듯 보일 듯 운무를 감아 도는
범종 소리 예불 소리, 내 낡은 심연을
쇄신하며 얼마나 일렁였으며
가을 무너지는 낙엽 앞에서
내 가슴은 또 얼마나 막막했던가

그러나
생명을 품어 부화하는
숭고한 사랑의 세레나데
이것이 정녕 자연의 순리라면
가을비에 낙엽이 길을 재촉하듯
내 순환의 계절을 따라
후회도 미련도 인연도 벗어놓고
나 이제 가벼이 돌아가리라

나의 보석은

꺾이고 꺾임의 각도를 세워
빛이 된 요염한 광체가
찰진 삶으로 눈물을 머금은
영롱한 살빛으로 속삭임이 달콤해도
나의 보석만 하오리까

혈통으로 잉태된 나의 보석은
황금보다 더 굳은 길을 열고
오로지 나에게만 열리는 입맞춤
가슴을 녹여 꽃으로 피어난
가장 고귀한 내 사랑
찬란한 보배인걸

제2부

잃어버린 기억

그리고
한낱 보잘 것 없는 나의 삶이
잠시라도 작은 꿈으로 기댈 수 있는
나지막한 계단이 깃발처럼 펄럭인다
책을 열면
- 「책을 펼치면」 中에서

어느 날 문득(허무)

두둥실
뜬구름으로 밀려가는 일상
정착을 잊고 방황하는 집념
파편처럼 부서지는 생각들
놓아버리면 그만인 것을

잃어버린 기억 속에서
어느 날 문득
너덜너덜 찢겨진 한 조각
허무,

어느 날 문득 (후회)

난 왜
허허벌판에 장승처럼 홀로 서 있나?

사랑하는 내 아이들은
나와의 어떤 것을 추억할까?

사랑해야지
소중할 줄 몰랐던 나의 반쪽을!

묵묵히 믿고 기다려준
어머니 아버지!
사랑한다는 말 한마디 끝내 못 하고
왜 후회의 문고리를 잡고 서 있나

어느새 흘러버린
황혼의 길목 어귀에서
문득
후회의 높이만큼 출렁출렁
그네를 탄다

어느 날 문득 (갈망)

소용돌이치는 일상에서
나는 얼마나 자유로울까?

홍수처럼 밀려가는
삶의 이기 앞에서
처절하게 짓밟힌 존엄성이
벌겋게 녹슬어 있는데
우리는
얼마나 자유로이 살고 있는가

공명의 공간에서
심금을 울려대는 바람의 노래
인내하면 돌아온다는
너는 누구냐

어느 날 문득(추억)

접었던 페이지마다
알알이 박힌 석류 알처럼
속속들이 돋아나는 이야기들

하얀 가슴 일렁이던 사연들조차
빛깔이
이리도 고혹한 줄은

문득
만삭이 된 인생 앞에서

인생이란
눈부시게 빛나는
만추의 선물인 것을

물안개

새벽 강 언저리, 임의 입김인 듯
바람은 사뿐히 볼을 스치고
물안개는 네온사인 나직이
구름보다 더 곱게 피어나는데

멀리 있으면 포근히 안길 것 같고
가까이 가면 저만치 맴돌고
은빛 비단 물결 출렁이면
혼자는 벅찬 걸음,
그대 발길 닿는 곳까지
은빛 비단 깔아 드리우리니
달려오소서

고요하던 호수에 파문이 일고
뜨겁게 타는 열정 벅차게 익어 가는데
빨갛게 웃음 짓는 햇살 아래
그대 하얀 분칠을 하고
홀연히 떠나시려 합니까.

바다를 그린다

파르라니 머~언 수평선은
초점을 잃은 듯
희뜩희뜩 졸음에 젖고

망망대해의 끝없는 은물결
헬 수 없는 모래알
찬란히 부서지는 햇살

거역할 수 없는
거대한 대자연 속에서

나는,
이 세상에 존재도 없이
그냥 왔다 가는 것이라고

비릿한 해풍은 수없이 밀려와
산산이 부서지는 아픔에 젖고

날개 잃은 바닷새는
날개 잃은 갈매기는
가물대는 뱃전에
마음만 실은 채

바다가 되고 싶어
바다를 날고 싶어
작은 가슴 하나 가득
바다를 그린다

가을 나이

소슬바람 지나가다 옷깃으로 스며들면
마음마저 단풍 드는 쓸쓸한 가을 나이
길섶에 달개비 연보라 청보라
가을나이 거부하다 그렇게 멍들었나

버드나무 물오르던 연둣빛 시절도
뜨거운 태양 구릿빛 그 시절도
제 무게에 저만치 떠밀려가고
노을빛에 젖어 드는 그림자의 길이만큼
울긋불긋 그렇게 퇴색되는 가을 나이

억새풀은 갈바람에 하얀 머리 휘날리고
어느새 머리 위엔 서리꽃이 피어나고
단풍 드는 가지마다 기침 소리 잦아드는
울긋불긋 그렇게 퇴색되는 가을 나이

단양팔경

옥빛 저고리에 남빛 치마 휘감은
강줄기 돌고 돌아
한 폭의 풍경화로 병풍 두른 산자락에
골 안에서 능선으로 산허리 더듬는
뽀얀 물안개는 누굴 위한 만찬인가?

배꼬리 부여잡는 새하얀 물보라는
도담의 연가인가 단양의 함성인가
옛 성곽의 뿌리를 잡고 색소폰이 울더냐
나그네 설운 맘에 뱃고동이 울더냐

방랑 삿갓 쓰고 유람하는 사람아
저문 날에 갈 곳 없이 떠도는 몸이거든
저 푸른 강에 놀러 나온 달빛도 벗 삼아
흘러가는 세월이나 낚아 보세나

잃어버린 기억

언제부터였을까
좀처럼 보이지 않는 건
너무 깊숙이 묻어두었던 탓일까
생각은 꼬리에서 꼬리를 물고
온 다락방을 다 뒤적였어요

햇살이 유난히도 빛난 것 같았는데
그 햇살의 기억을 잊었어요
무척 들뜬 일이었을 텐데
더 이상 아무것도 생각나지 않아요

돌층계를 돌아와 두 손 마주 잡고
환하게 아주 환하게 웃었던 것 같은데

너무 깊숙이 숨겨두었던 때문일까
기억이란 기억을 다 뒤져도
아무것도 보이지 않았어요

산 까치 슬피 울던 날도
바람이 몹시 몰아치던 날도
소라껍질 속, 깊은 고동을
길~게 길게 울어도
그는 오지 않았어요
영영 오지 않았어요

낙조

바닷내음은 삭풍에 젖고
기우는 태양에 서러움이 물결치더니
잔잔히 일렁이는 은파
수백만 개의 불꽃들은
가슴 한복판에서
견딜 수 없는 그리움으로
열렬히, 열렬히 열병을 앓더니

황혼의 바다여
어찌 발길을 잡고 놓을 줄 모릅니까
여기 이대로 망부석이 되라 하십니까
석양을 가슴에 가득 끌어안고도
하얗게 야위어가는 목마른 갈증은
아직도 존재하는 생명의 환희입니까

그토록 뜨거운 열병을 앓더니
뉘엿뉘엿 기우는 태양 앞에
어느 여인의 체념 앞에
열병은 그렇게 식어가고

그리곤
썰물은 백사장에 곱게 빗질을 하고
어둠은 바다에 둥지를 틉니다.

해변의 밤

파도에 밀려온 소라껍질처럼
세상에 밀려온 빈 마음
가득 바다를 채우고
먼바다에서 달려온 밀물 소리
영원을 노래하면
빛바랜 사진처럼 녹슬었던 기억들은
총총히 되살아난다

달빛 고요히 수면으로 내리고
하늘엔 온통 별들이 출렁이고
우윳빛 은하에 발목 적시면
발목을 간지럽히는 바닷물은
촉촉이 배어드는 그리움, 그리움
백사장에 수많은 발자국을 남기고도
아직도 어깨를 풀지 못하고 달려오면
바닷내음도 숨 가쁘게 달려와
가슴으로 안긴다

벗이여 나의 친구들이여!
오늘은 철부지로 뛰어도 밉지 않으니
그 어릴 적 순수의 꿈 누벼라. 마셔라
취해도 보자꾸나.

이 밤사 오롯이 해변에 묻고 싶어
깊은 밤 지나 새벽까지 목청은 높았어라
간간히 피어나는 불꽃놀이에
잠 못 드는 해변의 밤
불꽃보다 더 높은 꿈을 심던 옛 얘기에
우리도 여기 함께 잠 못 드누나

방랑자

끝이 없는 방랑길에
홀로 서 있다

구름조차 갈 곳 몰라
기웃기웃 헤매 돌고
바람조차 갈 곳 찾아
쫓기듯이 달아나고

어디로 갈까
무작정
몇 굽이를 돌아도
머물 곳은 어디뇨

산이 푸르고 물조차 맑거든
그곳이 내가 머물 낙원인가
설운 세월,
흩뿌려진 마음이나 헹궈볼까

행여 날 같은 이 있어도
아니 잡을 것이라오
세상엔 어느 곳엔들
정은 주지 않으리오

어차피 세상은
홀로 가는 방랑길
그렇게 떠돌다 가는
구름인 것을.

환청 때문이옵니까

귀 기울여 봅니다
어디선가 부르는 듯 휘파람 소리

가슴으로 스며들던 바람이었습니까

지나온 세월을 뒤돌아보니
의미 없이 세월만 보냈더라고
허탈함에 뒤척이는 소리였나 봅니다

귀 기울여 봅니다
어렴풋이 들리는 듯 여울물 소리

마음을 적셔주던 눈물이었습니까

흘러간 여정을 돌이켜보니
굽이굽이 휘어 돌던 길목마다
속울음 삼켜내던 소리였나 봅니다

달 밝은 밤에도 잠 못 이루고
풀벌레 소리에도 가슴이 젖어오고
한줌 바람에도 문풍지로 떨고 있는 건

어디선가 들려오는 환청 때문이옵니까?

길목일 뿐인데

언제였던가
엄마의 품속에서
초유의 향기를 꿈꾸며
세상을 향한 첫걸음마로
인생길은 그렇게 시작되고

꽃보다 더 고운 꿈들이 오물거리던 날
일곱 색깔 무지개 무리 짓던 날
까닭 없는 설렘으로 지새우던 날
겹도록 벅차게 달콤하던 날들

새끼 떼어낸 암소보다 더 아리던 날
갈대보다 더 크게 휘어지던 날
파도보다 더 하얗게 부서지던 날
무게를 지탱하려 몸부림치던 날들

그저 지나가는 길목일 뿐인데
그저 스쳐 가는 길목일 뿐인데
서릿발로 서성이다 돌아보니
바람처럼 스쳐 가는 길목일 뿐인데

담배꽁초

비벼지고 뭉개지고 짓밟히고
발길에 차이더라도

때로는 가없는 심안을
올올이 풀어 말릴 하얀 입김이었을까

때로는 애처로운 숨결로
거칠게 울분을 토해내는
한 모금 푸른 구름이었을까

한없이 불 속으로 사라지는 것, 것들
또 이 한 몸 불을 붙여 심장을 태울지라도

오늘은 어느 누군가의
애끓는 마음 한켠을 비울 수 있을까
비워낼 수 있을까

모순

망각을 밀어내는 집착
부정과 긍정의 순례
터질 듯, 텅 빈 마음
불붙는 냉가슴

돌아보지 않으려 해도
더듬이는 과거를 더듬고
브레이크를 잡아도
백발은 급발진을 꿈꾸고
모여드는 청중 앞에
외로움은 산처럼 깊어만 간다

이제는 다 잊었노라고

얼룩진 뒤안길을 삶아 빨아 널고
주름진 일상을 다림질하면
굴절로 투영하던 빛은
광랜으로 번득인다

서기 하던 눈동자 쓰다듬어 잠재우고
부정이란 비만을 토닥여 달랠 때
허기졌던 긍정은 조금씩 밀려와
작은 미소를 품는다

빨래

살아온 연륜만큼
올올이 스민 흔적들
진한 자국마다 사연들은
제각기 아우성인데
세탁기의 설명서는
탁월한 정화능력
박제되어 빛나련만
혼자는 버거워
목마름을 적시어도
옹이진 상처들은
무엇으로 감싸줘야
뽀얗게 표백될까

아려오는 마음이야
바람에 날리어도
햇살 담은 빛은
몇 광련으로 달려와야
겹겹이 젖은 세월
올올이 풀어 말려
보송거릴까

골목길

눈 감아도 보이는 조붓한 골목길
때로는 꽃다운 꿈을 꾸며 걸었지

꿈은
텅 빈 호주머니 속에서도 알밤처럼 여물고
쪽방 연탄불 위에서도 불꽃처럼 피어나고

추억을 머금은 골목길 언저리엔
주름진 여정을 움켜쥔 낯선 그림자

기나긴 추억을 거슬러
허리 굽은 세월만 더듬는
인생 나그네

책을 펼치면

책을 펼치면,
커다란 창문 너머로
광활한 우주가 열리고
아침을 여는 홍시 빛 여명처럼
가슴 속에서 피어오르는
맑은 호흡이 살아 숨 쉰다

책을 펼치면,
캄캄한 밤하늘에
찬란히 빛나는 무수한 별빛처럼
지혜와 진리의 길이 보석으로 반짝이고
메마른 사막에서 생명수를 만나듯
로댕의 애끓는 고뇌가
사랑의 선율로 자맥질하는 맥박으로 뛴다

책을 펼치면,
고독과 절망이 슬픔과 애환이
희망과 환희로 가기 위해
혹독한 몸부림 같은 강을 건너는
사람 사는 냄새 물씬 풍기는
눈물 같은 시학이 있다

그리고
한낱 보잘것없는 나의 삶이
잠시라도 작은 꿈으로 기댈 수 있는
나지막한 계단이 깃발처럼 펄럭인다
책을 열면

나팔꽃

폐부를 더듬던 바람은
어디쯤 가고 있을까?
풀 섶에 앉아
불어도 불어 봐도
잃어버린 목소리

두견이 울어 울어
하늘은 온통 핏빛인데
가슴속 뜨겁게 타다
용암으로 분출하던 너는
어인 일로 벌겋게 절어 스러지는가

목청껏 불어보고 싶었는데
목 놓아 울어보고도 싶었는데
땅거미 진다고 모두 단념하라 하는가

아직도 할 말은 출렁이는데
수많은 사연을 묻어버린 채
소리 없는 꽃으로만 피것네
대답 없는 메아리만 찾것네

안개

연기를 머금은 듯
제빛을 잃어버린 강줄기

깊은 골짜기를 뭉클뭉클 피어나서
초점 잃은 가슴으로 스멀거린다

영혼까지 불사르며 지켜왔던
너를 포기한다는 것

얼마나 깊은 상처이기에

고고한 산맥까지 지워버릴 듯
천 년의 기억마저 지워버릴 듯

흐려지는 나를 덮고
잊어야 할 너를 덮고
세상 모든 것을 덮으려 하느냐

소라껍질

밀물에 밀리고
썰물에 떠밀려
해변을 더듬는 소라껍질

쪽빛 바다를 그리며
잃어버린 세월을 찾아
얼마나 헤매었던가?

생명의 존재마저
잊은 지 오래인데
이제는 한 점
영혼까지 모두 삼켜버렸는데

끊어질 듯 끊어질 듯
귓전에 맴도는 여운

텅 빈 가슴속에
깊이를 잴 수 없는
그렇게 큰 그리움이 숨어 울 줄은

처용의 비가

서라벌 밝은 달빛
개운포 앞바다에 내리니
고향을 연모하는 잔물결이 슬프구나

관능의 밤 아내 옆의
저 다리는 뉘 것인가
솟구치는 바람에 버둥대는 벼슬아치
지체 높은 파도에 밀리고 밀리는데
어릿광대 속마음을 어이 알리요

가면을 쓰고라도 미친 듯이 돌아치며
속풀이를 하오리까?
방방곡곡에 부적이라도 붙여
역신을 물리쳐야 하더이까

흩뿌려진 눈물바다
용궁의 통곡 소리 개운포를 흔들고
관능의 밤 광란의 밤에
처용의 비가는 용왕 성에 젖어 들어
개운포 포구마다 서라벌이 우는구나!

안경예찬

흐려지는 눈가로
잊혀가는 세월이
한 잎 두 잎 떨어진다 해도

아직 떨구지 못한 마지막 잎새에
정도를 채색하려
긍정의 구도를 찾아 나서고

나만의 색깔로
의미를 되새기려
성찰의 심안을 찾아 나선다

이제
무뎌진 세상의 틈바구니에서도
나는 너의 창을 통해 환희로 충만한
세밀한 시간에 기대어 본다

하얀 공간

때로는 친구처럼
때로는 애인처럼
포근한 포용이다

정제된 비움과
무한한 말을 아낀
무언의 고백

시린 고독의 날개 접으면
타다 남은 심장은 아직도
붉은 입술

표백된 시간이 그네를 타는
하얀 공간

그 넓은 여백으로
세상을 품는다

가을 연가

황홀한 계절을
단풍이 물들이고
가을 타는 철새가
떠나버리면

홀로 앉은 섬처럼

견딜 수 없는 고독이
밀려오는데

정녕,
이 가을에도
차마 떨구지 못한
마지막 잎새
홀로 예는 나만의
짝사랑이었나요

낙엽

욕망을 앓던
쓰디쓴 자화상은
떨어져 뒹굴고 밟히고
망각 속으로 점점이 사라져간다

자유

오랜 봉인을 풀고
꽁꽁 동여맨 속박의 옷고름을
풀어헤치면
비로소 열리는 입,

파랑새는 언 날개를 털어
봄을 부르고
봄은,
생명의 나래 햇살에 엮는다

첫눈

하늘은 창백한 몸짓
손바닥에 닿는 건
별빛 눈물이어라

한없이 기다리던
한 자락 꿈이었는데
어느새 변해버린 눈물이어라

설렘으로 다가온
첫사랑의 수줍은 입맞춤
열병을 앓던 그 날의 흔적은
유리창을 배회하는데

내 열뜬 가슴은
벅차게 휘도는 벚꽃이어라
설움에 녹아든 눈물이어라

방황

안개 자욱한 등불 밑
비루한 하루는
폐기되는 휴지조각처럼
땅바닥을 뒹구는데

텅 빈 가슴 속에
우두커니 서 있는
영혼 없는 그림자들

하루를 살기 위해
몸부림치는 불나방처럼
굴절된 빛을 잡고
신음하는 방랑자야

너는 지금
어느 외딴섬에서
홀로 우는 파도에
젖어있는가

난전

흙바람 바닥에 쪼그려 앉은
구릿빛 깊게 물든 장돌뱅이 할머니들
버꾸 방망이 손에 들린 삶의 무게에
헤픈 덤으로 길손을 잡고
허기진 세월을 한 소쿠리씩
노을이 흠뻑 절어서야 파장을 한다

소금 꽃

단잠을 빼앗긴 낡은 얼굴들이
붉은 눈 비비며 총총 모여들다가
낙엽처럼 뿔뿔이 흩어져간다

어깨를 짓누르는 등짐처럼
뿌리 깊은 가난의 굴레를 훈장처럼 짊어진 채
허기를 먹듯 소금 몇 알 설음타서 마시고
외발 수레 비틀대며 하루를 꿰맨다

온몸에 소금 꽃 곰팡이처럼 피어나도
짜디짠 설움이 작업복에 찌들어도
지나온 날들은 기억하지 않으리라
가야 할 길도 묻지 않으리라

구겨진 하루를 탁주 한 사발에 기대면
호사로운 밤길은 취한 듯 비틀거리고
밤새, 욱신욱신 몸살을 앓다 보면
태양은 또 그렇게 충혈된 눈으로
하루살이의 새벽을 뜨겁게 밀어 올려주겠지

은행잎 지던 날

찬바람이 불어오던 날
마음마저 시려오던 날
지천으로 휘날리는 은행잎 사이로
먼발치로 달려오는 임 그림자
보일 듯 보일 듯
진종일 서성이고

달려와 부딪히는 바람결에
귓가에 맴도는 사랑의 언약
발길에 머무는 그리운 추억
지천으로 흩어지는 은행잎 밟으며
돌아보면 문득 어리는 얼굴
노랗게 맴돌아 어리는 얼굴

짝사랑

그냥 스쳐 지나가는
바람인 줄 알았습니다

초록빛 융단 위로
방울방울 맺혀있는 이슬처럼
먼발치로 달빛을 맴돌다 간 달무리처럼
늘 그렇게 잠시 왔다가 사라지는
시간인 줄 알았습니다

그렇게 스쳐 가던 바람에
울림 같은 음형을 그리며
일렁이던 상앗빛 선율
온몸을 부수어 사라져가는 하얀 물거품이
가슴 속으로 가슴 속으로
은밀히 파고드는 그리움이란 걸
예전엔 미처 몰랐습니다

화석 그림자

창밖 햇살 화창한 날엔
창가에 우두커니 앉아
거꾸로 가는 시간 속 그네를 탄다

가랑잎 버석거리며 어지럽게
흔들리는 거리 어디쯤엔가
가시가 박히듯 거칫거리는
마음 담벼락 어디쯤엔가

이끼긴 돌담을 돌아온
잃어버린 시간 속 화석그림자
아직 허물 벗지 못해 애틋한 화석그림자

그리하여,
햇살 가득한 뜨락에
창백한 시간이 그네를 탄다

제3부

다시 쓰는 삶의 방정식

삶이란 무엇인가
그뿐인가
그 뿐인가
- 「로댕」中에서

자화상

지름길로
지름길로만 달려왔는데
이정표도 없이 헤매는 곳은
아직도 낯선 이국의 땅

날고 싶다고
그토록 날고 싶다고
간밤을 보채다 부러진 허상의 세월은
열두 폭 치마로도 덮을 수 없어

이제는
가을볕이 날아와
흔들리며 잘려나가는
세월 속 진폭을 나는 듣는다
긴 흐느낌 같은 썰물의 파동을.

다시 쓰는 삶의 방정식

하루해는 저물고 저물어
인생의 강가에 허물어지는 노을이여

새벽 여명의 꿈도
정오의 드높은 욕망도
무한정의 소용돌이로 용솟음치니
제풀에 무너지는 무뎌진 맥박이여

제 설움에 얼룩진 시린 고독의 이마 맞대고
속울음 삼켜내던 푸른 잎의 무게도
깃털처럼 가벼워지는데

이제는
생명의 그물에 걸린 헝클어진 시간에
빈 손에 잡혀 허우적이던 바람의 세월에
아무런 의미도 두지 않으렵니다

간이역에서 만난 사람들과도
허물없이 동행할 수 있다면
굴빛 하늘을 저울질하지 않으렵니다

허리 굽은 세월이 다 가기 전
투명한 창을 열고
붉은 신념의 꽃대 피워 올릴 수 있는
견고한 웃음 짓기 소원합니다

나의 삶은

밤마다 품에 안고 들려주시던
어머니의 자장가는
내 유년의
보랏빛 향기였을까

이글거리는 태양을 품고
구릿빛 열정을 탐닉하던
나의 청년은
장밋빛 향기였을까

세월은 역사를 바꿔 쓰고
뒤 볼 새 없이 달려온
퇴색된 나의 일기는
또 어떤 이야기로 전설이 될까

이제,
제 무게로 밀려가는 나의 중년은
그윽한 커피 향 엷게 배어나는
한잔의 모카 골드였으면

묵을수록 더 깊게 성숙하고
지혜를 담아 배가 부른
아, 나의 노년은
깊은 맛 우려내는 항아리였으면.

여로

살다가 살아가다 가슴 헤쳐 비집고
애타게 목이 말라오거든
애타는 갈증 한 모금 눈시울 적셔 마시고
넘치는 그 눈물에 뜬 별을 헤어보리라

아직도 삶이 버거워 견딜 수 없거든
청산에 올라 찢겨진 골짜기
깊은 그늘의 아픔을 들어 보리라

그런데도
차마 놓을 수 없는 그 무엇이
황망하게 괴롭히거든
온몸이 부서지는 파도를 안아 보리라

가서
울부짖는 파도를 끌어안고 돌다
흠뻑 절여진 몸으로 돌아올 때는
뜨겁게 타는 저녁노을에
삶의 방정식을 헹구고
인생의 무게를 덜어내고

이젠
가뿐하여졌노라 말하리라

로댕

삶이란 무엇인가

탄생하고 성장하고
늙고 병들고
세상을 하직하기까지
수많은 숙제를 풀며 득도하는 것

삶이 준 선물은 생로병사
덤으로 받은 선물은 희로애락

태초부터 그랬듯이
지구가 공존하는 한
저마다 짊어져야 할 운명

삶이란 무엇인가
그뿐인가
그 뿐인가

로댕은
아직도
차마 버리지 못한 것들을
움켜진 채
고뇌를 갖는다

진정
그뿐이런가

삶이란 무엇인가

저 붉은 노을 속으로
후드득 떨어지는 이 공허함이여
어지럽게 비틀거리는 너울 앞에서
나는 어쩌면 저 감당할 수 없는
블랙홀 속으로 침전되고 있는가

정답 없는 숙제가
삶의 본질을 찾아가는 문제였다면
솔로몬은 나에게 어떤 화두를 던져주며
참 진리라고 말을 할 것인가
껍질뿐인 그믐달도 다시 채워야 할 의무로
까만 밤을 자지러지게 버텨야 했던가

서걱거리며 달려오는 밤바다여
너는 누군가를 위한 노래로 지새우는데
나는 로댕의 그 심오한 몸짓으로
또 어디로 가야 하는가
젖은 발길이 검은 바다를 핥는다.

라면을 끓이던 날

바람이 불고 비가 올 때면
라면을 끓이곤 했지
때로는 무릎이 꺾일 만큼 긴 시간을
라면을 끓이다가
퉁퉁 불어 터지는 날엔
눈이 시려 앞을 볼 수가 없었어

찬장 속 그릇들이 푸념처럼 쌓이고
녹슨 감정이 융기처럼 올라오는 날에도
라면이 끓곤 했지

뜨거운 사념이 냄비를 달구는 동안
열병처럼 헐떡이는 맥박의 울림
라면을 끓이는 건 독감처럼 혹독한 심사이어니

먼 훗날
불어터진 마음 접어 강물에 던지던 날
물에 번진 초승달도 희미하게
흔들리고 있었어.

왜냐는 물음표

바람은 왜
자꾸만 가슴으로 스며드는지

풀벌레는 왜
긴긴밤을 지새우며 울어대는지?

친정어머니는 왜
천만번도 더 참으며 살라 하셨는지?

이유도 모를 눈물이 난다

하늘을 훨훨 날아도 보고 싶다

한잔 술에 흠뻑 취해도 보고 싶다

왜?
왜?
참아야 하느냐고

왜냐는 물음표는
오뚝이처럼
쓰러졌다가 일어나고
넘어졌다가 일어나고

오늘도
어제처럼
어지럽게 비틀거린다

왜?

홍시

허상을 쫓던 욕망도
젊음을 질주하던 패기도
설익어 떫디떫은 풋 냄새

세월의 풍파에 마모될 때마다
혓바늘 돋던 한 조각 응어리조차
쓴맛 단맛 다 우려낸 초연한 얼굴

뉘라서 들었던가
가슴 속 흐무러진
저 뜨거운 숨결을.

갈증

바라보는 초점보다 조금 멀리 있다는 것
그뿐만은 아니리라
네온사인은 신작로를 누비고
세상은 화려하게 요동을 치고
그 속에서 취객들은 누군가를
원망하며 허물어진다

어둠이 있기에 더욱 현란한 세상 속에서도
담벼락에 어설피 기대선 이방인처럼
가슴속 깊이까지 오물을 토하는 건
세상살이가 역겨워서만은 아니리라
가슴속 깊이에서 달아오르는
열병 때문만도 아니리라

그런데
왜
지나가는 바람은 얼굴을 할퀴는 걸까

낙조

하루를 산다는 건
얼마나 뜨거운 투혼이기에
화염은 포기 포기마다 불꽃을 튕기며
각혈을 쏟아내는 찬란한 폐허의 울음이여

바람은 미동도 없는데
겹겹이 타는 혼불을 잡고
격렬히 허물어지는 황홀한 반란이여

드높던 자존심은 다 어디로 가고
하늘까지 저렇게, 저렇게 불이 타올라
구름까지 겹겹이 불이 타올라

터질듯 한 심장 위로
잿더미만 까맣게 침몰하는
이 화농은 다 어찌하란 말인가

갈망

잊은 지 오래인데
이미 단념한 지도 오래인데

가슴으로 밀려와
목으로 가로 걸리는
단내나도록 목이 타는 건

이건 또 무엇을 요구하는
뜨거운 갈망인가

화산

얼마나 많은 세월을
침묵으로 살아야 했던가
그렇게 뜨거운 가슴을 끌어안은 채

천년의 세월을 하루같이
참으려 몸부림쳤어도
끝내는 분출구를 향하여
토해 내는 불기둥이여

지칠 줄 모르던 열망은
소용돌이치는 활화산으로
송두리째 태워버리고
까맣게 타버린 상처들은
검은 바위, 바위가 되어

천 년을
또 천년의 세월을
침묵으로 살아야 하는가

숙제

햇살이 눈부시다
구름 한 조각
솜털처럼 보드랍다

모두가 걸어가는 그 길 위로
그림자처럼 따라오는
정답 없는 숙제들

마음은 항상
널 향해 달려가지만
수레바퀴는 헛발질을 한다
보듬어 안고 싶지만 팔이 너무 짧다

삶의 이기심이
또 다른 사람에겐
못 견디는 보루가 될 뿐,

아는지 모르는지
실타래는 제멋대로 굴러
엉겅퀴가 되어있다

벽시계

먼 데선 간간히 개 짖는 소리뿐
대청마루의 벽시계는
풍 맞은 노인처럼
어두움을 절름거리고
세상은 죽은 듯 고요하다

칠흑 같은 정적을 깨고 첫닭이 운다.
호들갑스런 울음소리는 고요를 질책하듯
어두움을 뒤흔들곤 이내 잠들어 버리고
아직 잠들지 못한 초침만이
잦은 한숨만 토할 뿐

미래로 달려가고 싶지만
늘 현재의 틀에 갇혀있다
잡으려 잡아보려 양팔을 벌려도
딛고 일어서려 몸부림을 쳐봐도
어지럽게 흔들리는 허공

이 밤 또 그렇게
절름거린다

앉은뱅이 꽃

담장 밖 그리워 발돋음 해보는
나는 앉은뱅이 꽃

창공을 날고 싶어 가슴만 태우다
은빛 날개를 접어야 하는
나는 앉은뱅이 꽃

가시밭에서도 돌무덤에서도
자꾸만 까치발로 키를 재보는
나는 앉은뱅이 꽃

구름 걷히고 구름 걷히고
환하게 웃어주는 햇살이면
그만인 것을

간밤에 일던 회오리바람이야
잊으면 그만인 것을

가슴은 등까지 구멍이 나고
그 속으로 돌개바람 이누나

내마음 속 빗소리 애끓는 밤엔

부제 : 백팔 배(百八拜)

내 마음속 빗소리 애끓는 밤엔
비에 젖은 온몸으로 무릎을 꿇어
몸과 마음이 가장 낮게 밀착될 때
협곡으로 흐르는 여울물 소리

생목을 꺼억 꺽 빗장 꼽던 번뇌여
수심 깊은 호수에 등불을 밝혀
흔들리는 마음 밭에 등불을 밝혀

다시 그네를 타는 일과 백 사이
기나긴 발자국이 강가에 이르면
우수에 젖어오는 불경의 말씀

애끓는 불경은 다시 또
가장 낮은 빙점에서
발꿈치를 돋우고
돋우고.

폭포

천길 벼랑을 뚫는 저 거친 숨결은
원초적인 본능에 묻혀있던 것들을
와르르 토해내는 처절한 절규인가

푸른 절벽을 맴 돌아 끈적이는 분진은
삶의 이기 속에 포장돼 있던 것들을
한 올 한 올 풀어내는 번뇌의 신음인가

무지갯빛 흥건한 황홀한 심사여
굽이굽이 터지는 무량의 언어는
가슴마다 일렁이는 간절한 고백인가

걷잡을 수 없이 무너지는 이 허무여
정녕 돌아설 수 없는 길이라면
차라리 온몸을 송두리째 내던져 버리자

그리고
한 줄기 그리움만 움켜쥐고 흘러라
세월을 흘러 흘러 푸른 강물을 만날 때까지.

무제

무엇 때문이었을까
구겨진 자존심이 눅눅하게 처져있다
분출되지 못한 울분이 축축하게 젖어있고
몇 날 며칠 머릿속을 뒹굴던 번민이
찐득찐득 달라붙어 있다.

사랑을 잃어버린 날도
본성을 잃어버린 그 날도,
현실과 허상의 거리를 비틀거리며
무엇을 찾으려는가, 잡으려는가

닳고 닳아 남루한 육신에는 찹쌀풀을 먹이면
구겨진 자존심이 칼날처럼 주름 잡힐까
비릿한 번민에는 아로마 향수를 뿌리면
잃어버린 사랑을 다시 찾을 수 있을까?

끝없이 자맥질하던 욕망은 아직도 맥박이 뛰고
다 못 채운 여백은 여전히 촉이 뜨겁다

서덕순 시집

목화, 꽃으로 다시 피어

2017년 4월 1일 인쇄
2017년 4월 8일 발행

지은이 서덕순

펴낸이 한민규
펴낸곳 우리동네사람들
등록번호 제 2000-000002 호
주소 경기도 오산시 성호대로 89번길, 206호
전화 1577-5433
팩스 031-376-1767
메일 woori1577@hanmail.net
홈페이지 woori1577.com

ISBN 979-11-958623-7-5
「이 도서의 국립중앙도서관 출판예정도서목록(CIP)은 서지정보유통지원시스템 홈페이지
(http://seoji.nl.go.kr)와 국가자료공동목록시스템(http://www.nl.go.kr/kolisnet)에서 이용
하실 수 있습니다.(CIP제어번호: CIP2017008280)」